하얀 냉이꽃 등을 타고
날아올랐어

사임당 시인선 24

하얀 냉이꽃 등을 타고 날아올랐어

© 2023 조수선

초 판 인 쇄 | 2023년 7월 10일
초 판 발 행 | 2023년 7월 15일

지 은 이 | 조수선
펴 낸 이 | 배재경
펴 낸 곳 | 도서출판 작가마을
등   록 | 제 2002-000012호
주   소 | 부산광역시 중구 대청로 141번길 15-1 대륙빌딩 301호
          서울시 도봉구 도당로 82(방학1동, 방학사진관 3층)
          T. 051)248-4145, 2598   F. 051)248-0723
          E. seepoet@hanmail.net

ISBN 979-11-5606-228-8 03810   정가 10,000원

※ 본 도서는 2023년도 부산광역시 부산문화재단 부산문화예술지원사업 우수예술 지원에 선정
   되어 지원을 받았습니다.

사임당 시인선 24

하얀 냉이꽃 등을 타고
날아올랐어

조수선 시집

 도서출판
작가마을

햇살 맑은 날엔
밖으로 나가
길가에 피어있는
작은 꽃들을 봅니다.

제비꽃, 냉이꽃, 민들레, 괭이밥……
앙증스러운 그들과
한참 눈 맞춤을 하고 나면
나도 모르게 힐링이 되어
새로운 힘이 솟습니다.

비록 꽃들은 작지만
남몰래 치열하리만치 내뿜는
진한 삶의 향기는
늘 나를 일깨우고 있어
길가에 사는 꽃들을
자주 찾아 나섭니다.

2023년 여름

조수선

• 차례

2부 ··· 꽃비가 내렸어

• **차례**

3부 … 모기는 왜 엘리베이터를 탔을까?

4부 … 달의 방문

하얀 냉이꽃 등을
타고 날아 올랐어

조수선

제1부

팝
콘
날
다

파도의 노래

파도가 온다
해풍 가락에 맞춰
음을 조율하는 파도
밀려왔다 밀려가며
저만의 언어로 노래한다

똑같은 노랫말
똑같은 음률
도돌이표 음악처럼 반복되어도
울적한 마음 달래기엔
그만한 노래 없다

갈매기 울음 같은
내 속엣말에도 맑은 음표 붙여
하얀 포말로 일어서는 파도
바다는 여전히 아름답고
마음 때 씻는 순수 자연의 소리
파도의 노래는 늘 그리움이다

팝콘 날다

난 그저 잘 여문 강냉이
아무도 날 알아주지 않아
선반 구석으로 떠밀렸죠

어느 바람 불던 날
부드러운 당신 손에 이끌려
볼품없던 내 삶에도 꽃이 피었죠

프라이팬 뜨거운 열받자마자
나도 모르게 바운스 바운스
가슴이 공처럼 튀어
별꽃 팡팡 사방으로 날았죠

이젠 소원 없어요
우주 끝까지 오르지 않아도
난 행복한 팝콘
비로소 그대 입술에 핀 하얀 꽃잎

봄 편지

아침 산책길에서
추운 날 견디며 꽃눈 틔워 낸
순백의 매화 눈빛 담고

아직 시린 흙더미 뚫고
파릇파릇 돋아 나오는
새순의 연둣빛 담아

언덕 저편에서
봄을 기다리고 있을 그대에게
맑은 물소리 새소리 함께

금빛 햇살 속
따뜻한 봄소식
매화 향기에 띄워 보냅니다

그대여 봄 편지 도착하거들랑
잘 받았노라
부디 연분홍 꽃잎 하나만 띄워 보내소서

달의 눈빛

달. 달. 달
푸른 산기슭 자락 아래
옹기종기 모여 앉은 집들
밤이면 마을 지키는 달

하늘에도 달
구석진 골목 여기저기
훤한 달덩이가 둥. 둥. 둥
백열 가로등에 LED 가로등까지
달처럼 떠 있다

마중 없이 자동으로 켜지는
귀갓길 가로등 따스한 불빛
저 하늘 달의 눈빛을 꼭 닮았다

하얀 목련

날이 갈수록
마음에 품고 싶은 꽃 있네

거친 바람 속에서도 곱게 지킨
선한 얼굴 순백의 모습

제일 먼저 알려주는
따스한 봄소식으로
소박한 삶을 열어주는 희망 꽃

언덕 위의 하얀 목련
올해도 변함없이
다정한 친구처럼 찾아왔네

가끔은 나도 과자가 먹고 싶다

보슬보슬 비 오는 날엔
나는 과자가 먹고 싶다
비 내려 축축해진 마음
바삭한 과자로 달래고 싶다

따뜻한 보리차랑 앉아
너도 하나 나도 하나 입에 넣으면
오도독오도독
경쾌한 리듬 속에 부스러지는 과자
스낵의 그 고소한 향이
눅눅한 습기를 잡아주는 비 오는 날

방울방울 빗방울 맺히는
고즈넉한 수채화 풍경 속에서
가끔은 나도 과자가 먹고 싶다

별 숲을 그리다

스산한 밤
별이 보고 싶어 창을 연다
웬일인지 요즘 밤하늘엔 별이 없다
초롱초롱한 눈으로
온 밤 밝히며 별 숲 이루던
그 많은 별들은 다 어디로 갔을까
삭막한 도시만큼이나
밤하늘도 변해 가는지도 모른다

길게 꼬리 문 유성 대신
누군가 요란스레 캐리어를 끌며 지나간다
별을 찾으러 가는지도 모르겠다
하늘을 뚫었는지 어둠을 찢었는지
여자인지 남자인지
바깥이 사뭇 조용해진다
또다시 밤은 적막에 싸인다
별 숲이 사라졌으므로

언덕길 제비꽃

비탈진 언덕길 오르다가
흔들리는 제비꽃을 봅니다
바람에 쓰러질 듯 비틀거려도
가녀린 두 손 약한 두 팔로
온 우주를 버티고 사는
작은 제비꽃이 참 용합니다

찬 서리 밤이슬에 떨며
비바람에 지쳐도
온 힘을 다해 참고 사는
언덕길 제비꽃을 보며

힘든 세상 나도 더 꿋꿋하게
더 열심히 견뎌내리라
굳게 다짐해 보는 봄날
집으로 가는 발걸음이
날아갈 듯 한결 가볍습니다

꽃샘바람은 얄미워

겨울바람은 되레 점잖았다

꽃샘바람은 겁이 없어
아무 곳이나 막 뚫고 들어와
이곳저곳 얼음 바람 던지고 간다

꽃샘바람은 심술궂어
이제 막 피어난 어린 꽃 멍울
멀미 나도록 마구 흔들어 놓고는
재빠르게 도망가기 일쑤다

꽃샘바람은 장난꾸러기
방금 곱게 손질하고 나온
내 머리까지도 헝클어 놓고는
용용 거리며 저만치 달아난다

꽃샘바람은 겁이 없고 행동이 잽싸
꽃샘바람은 심술궂고 장난이 심해
환절기 감기까지 데리고 와서 얄미워

광대나물꽃

초록 잎 사이로 붉게 칠한 입술 먼저
뾰족뾰족 내밀고 있는 광대나물꽃

아직 이른 봄날인데
어린 광대나물꽃
그 붉은 입술로 무엇을 하랴

광대야
넓은 무대로 올라가서
아이돌 비보이처럼 춤이나 추랴

광대야
봄 오는 들판으로 나가
공중 곡예사처럼 외줄 타기나 하랴

이 세상에 나와 할 수 있는 일
그 좋은 일이 무엇일까
고개만 갸웃갸웃
하루 종일 하늘만 바라보며
붉은 입술 쭉 내밀고 있는 광대나물꽃

SOS 치는 매미

폭염 경보 이레째
살이 데일 듯한 불볕더위
오도 가도 못하고
나무 등에 납작하게 엎드린 매미

올여름도 우아하게
노래하긴 글렀다

연일 치솟는 열기에
숨 막힌 매미
어딘가에 있을 바람을
급하게 부른다

맴맴 맴맴맴
제발 살려달라
바람에게 긴급 신호 보내고 있다

소리를 찍다

쓰르르...
가을밤이 카메라 속으로 들어온다

찌르르...
어떤 날은
풀벌레 울음도 사진이 된다

귓속 액자에 남아
고요한 겨울밤이면
살금살금 귓불을 간질이며

가을 소리
다시 되살아난다

새들 보금자리

푸드득 새들이 날아오른다
곤한 날개를 오므리듯 하루를 접으러
저 푸른 하늘을 건너간다
붉은 노을 따라가는
새들 보금자리는 어디일까
놀 빛 무늬 궁전일까
오색빛 찬란한 무지개 숲일까

아니야 아니야
새들은 화려하지 않아
뭉게구름 두둥실 하얀 커튼 드리운
밤마다 별들이 내려오고픈
맑은 창 있는 집일지도 몰라

아니야 아니야
새들은 욕심 없어
가을 들녘처럼 따뜻한 사랑 익어가는
앉은뱅이 나무 식탁 예쁘게 놓인
마주 보고 앉으면 서로 얼굴 맞닿는
그래 그런 데가 새들의 집일 거야
늘 사랑과 행복이 피는 그곳

꽃, 그대도 그런가요

내 마음 같은 사람 없어
소통이 잘 안돼
오해가 생겼을 땐
참 답답해

사람 때문에 속상하고
사람 때문에 아픈 날 많아
꽃, 그대도 그런가요

동산의 꽃 무더기로
화단의 작은 꽃으로
날마다 서로의 얼굴 부비며 사는
꽃, 그대도 그런가요

꽃 때문에 속상하고
꽃 때문에 아픈 날 있나요

'임대' 놓습니다

텅 빈 가게
먼지 잔뜩 낀 유리창
대문짝만하게 써 붙인
'임대'
매서운 겨울바람에
너덜해진 종이 자락
을씨년스럽게 나부끼고 있다

앞을 가늠할 수 없는 코로나 시국
누군가는 가슴 한편을 도려내야 할 만큼
삶이 막막 한 것이다

폐업을 했을까
이전을 했을까

길 가다가도 임대 놓은 가게를 보면
내 가슴부터 '철렁'
바닥으로 내려꽂힌다

내가 사는 곳엔

사람들 발걸음 뜸해
산속처럼 고요한 곳은
외로움이 몰려와서 싫다

내가 사는 곳엔
시장처럼 왁자지껄하지는 않아도
가끔은 아이들 노는 소리
아기 울음소리도 들렸으면 좋겠다

가을바람에 사각이는 나뭇잎 소리
그 숨소리조차 들리지 않는
폭풍전야처럼 조용한 곳은 싫다

내가 사는 곳엔
옆집 저녁 설거지 소리
밥그릇 딸그락대는 소리도 들렸으면 좋겠다

가끔은 내 이웃의 웃음소리가
담을 넘어오기도 하는
사람 소리 자연 소리
정겹게 어우러진 곳이면 더욱 좋겠다

날개

살아있는 모든 것의 날개 죽지는
희망을 품고 있다

문득문득 감춰둔 소망이
오르고 싶어
잦은 바람을 일으킨다

창공을 향해
꿈을 향해 날아가고 싶어
날개가 꿈틀거린다

날자 날자 날아보자
이를 앙다문 채
땅을 박차고
작은 새가 힘차게 비상한다

하얀 냉이꽃 등을
타고 날아 올랐어

조수선

제2부

꽃비가 내렸어

그대는 언제나 잘생김

봄빛처럼 풋풋한 얼굴
마스크로 다 가려도
절로 뿜어져 나오는 광채
그대 그 눈부심은
어디에도 감출 수가 없네

봄날처럼 싱그러운 미소
마스크로 다 가려도
여전히 떠 있는 초승달 눈웃음
그대 그 빛남은
어디에도 숨길 수가 없네

마스크 쓰나 안 쓰나
그대는 언제나 잘생김

아버지

내가 좋아하는 노래
'아버지' 노래를 들을 때마다
아버지 생각에 가슴이 뭉클해지고
코끝이 찡해져 옵니다

이젠 뵙고 싶어도 뵐 수 없는 아버지
하얀 머리 뽑아 줄 때까지
내 곁을 지키며 사실 줄 알았는데
검은 머리 한창이실 때
그만 하늘나라 가시었습니다

한층 수척해지신 얼굴로 마지막 날까지도
나를 눈에 담고 계시던 아버지
내가 해 드릴 수 있는 게 없어서
담담한 마음으로 지켜보기만 했던 날들은
아직도 날 아프게 합니다

아버지 돌아가신지 어언 사십여 년
시간이 지나고 세월이 흘러도
아버지에 대한 그리움은 더욱 깊어져
거리를 걷다가 어디선가

'아버지' 노랫소리만 들려도
먹먹했던 날들의 슬픔이 되살아나
자꾸만 눈시울이 뜨거워집니다
아버지 아버지 나의 아버지

그대의 이름처럼

남에게 내세울 것 하나 없는
난 그저 평범한 사람이지만
그래도 누군가 내 이름을 떠올렸을 때
내가 그대 이름을 떠올렸을 때처럼
그 사람 얼굴 가득 환한 미소가 번지는
행복을 주는 이름이면 좋겠습니다

내 이름은 특별하지는 않지만
그래도 누군가 내 이름을 들었을 때
그 순간 그대를 만난 것처럼
그 사람 마음에 활기를 불어넣는
힘을 주는 이름이면 좋겠습니다

내 이름은 동그라미도 없고
복스러운 이름도 아니지만
그래도 누군가 내 이름을 보았을 때
날마다 보아도 지겹지 않은
날마다 만나고 싶은
내 이름도 그대의 이름처럼
기분 좋은 이름이면 참 좋겠습니다

바람막이

비바람 몰아치는 아침
우산이 뒤집히고
거대한 바람에
몸이 나뭇잎처럼 떠밀린다

더 이상 전진할 수 없어
건물 담 벽에 붙이고
비로소 몸을 가눈다

가로수가 휘어질 듯 비틀거리고
자동차도 빗속에서 휘청인다
앞을 내다볼 수 없는 태풍 같은 인생

살아가는 동안은
나도 누군가의 바람을 막아주는
하나의 든든한 담 벽이고 싶다

신호등

유혹이 많은 인생길
우리 삶 안에도 지켜야 할 신호등이 있습니다

세상살이도 횡단보도처럼
건너야 할 때와
건너지 말아야 할 때가 있습니다

녹색 등이 아닌데 실수로 잘못 건넜다면
황색 등이 경고할 때
곧바로 제자리로 돌아와야 합니다

깜박깜박 황색 등 점멸 신호 무시하고
잘못 가는 일이
없어야 합니다

나의 말과 행동에
적색 등이 켜지는 일 없도록
매사에 조심 또 조심해야 하겠습니다

꽃비가 내렸어

비가 온다 하여 우산을 준비했어
흐린 하늘이 시샘할 만큼 흐드러진 벚꽃
꽃가지를 흔들며 이별 편지를 쓰고 있었어

하르르... 마른 하늘에 갑자기
예보대로 비가 왔어
꽃비가 소나기처럼 쏟아져 내렸지

발밑에 수북이 쌓인 꽃잎들의 편지
또 한 번 날쌘 바람 달려오자
연분홍 꽃잎이
내 발을 디딤돌 삼아 날기 시작했어
보랏빛 제비꽃 넘어
하얀 냉이꽃 등을 타고 날아올랐어

그대 웃음 닮은 벚꽃잎이
저 멀리 떠나고 있었지
꽃나비처럼 훨훨 날아
온누리에 또 다른 희망을 전하기 위해

연분홍 복숭아 키스

열여덟 살 소녀처럼
두 볼이 발그레하다

보기만 하여도
가슴 울렁이던 첫사랑처럼
달콤한 밀어가 입안 가득 고인다

바람에 춤추는 복사꽃 따라
온몸으로 번지는 황홀한 사랑

향긋한 볼에 살짝 입술만 대어도
그만 사르르 두 눈 감겨오는 그 맛
연분홍 복숭아 키스

저 달이 날 보자 하네

눈 시린 겨울 밤하늘
뽀얀 분칠하고 나온 달님
슬금슬금 따라오며 날 보자 하네
발 시러 손 시러
집에 가야겠다 뿌리치는데도
자꾸자꾸 꽁무니 쫓아오네

이 무슨 일인고 묻는 말엔 대답 않고
내 뒤만 졸졸졸
모른 척 오다 돌아보면
나뭇가지 위에 앉았다가
빌딩 숲에도 숨었다가
또다시 내 뒤만 졸졸졸

엄동설한 맹추위는 뼛속까지 스미는데
한겨울 저 달은
자꾸자꾸 따라오며 날 보자 하네

실개천을 따라

따사로운 햇살 아래
맑은 물이 졸졸졸 노래하며 간다
앙증스러운 아치형 다리를 건너고
옹기종기 앉은 징검다리를 지나
냇물이 흥얼흥얼 즐겁게 흘러간다

덩달아 신이 난 모형 물고기들
퍼득퍼득 춤추며 뛰어가고
길게 늘어선 나무들 손뼉 치며 반긴다

나뭇가지 사이로 내비치는 햇살에
등이 후텁지근해진 내 그림자
유년의 추억에 젖어 말릴 틈도 없이
어느새 실개천에 첨벙 뛰어들고

물가에 내려선 그림자 따라
나도 시원한 물에
손이라도 담그고 싶은 찰나 눈에 띈
실개천 입구에 장정처럼 우뚝 서 있는 팻말
'실개천은 물놀이 시설이 아닙니다'

아! 여기는 시민의 휴식을 위해 만들어 놓은
송상현 광장 실개천

등꽃 아래 앉아

봄의 절정에서 만난 꽃그늘
신비스러운 꽃 궁전

눈부신 초록 천정이 만든
등꽃 샹들리에

향긋한 바람이 코를 간질이는
등나무 꽃등 아래 앉았노라면
나도 몽실몽실
보랏빛 꽃으로 피어

지친 나그네 따가운 볕 가려주는
편안하고 시원한 쉼터가 되고 싶습니다

민들레가 웃는다

바쁘지 않아도
급한 걸음 할 때가 있다
빨리빨리가 몸에 배었나 보다

마음의 여유 없이
한눈팔 틈 없이
언덕을 오르노라면
천천히 가라며
바람이 뒤에서 잡아당긴다

옳다고나! 하고
한숨 돌리고 섰노라면
벚나무 아래 노란 민들레
해맑게 웃으며 반갑게 손 흔든다

휴가철

닫혔던 하늘길 열리고
끊겼던 뱃길 연결되자마자

어느새 다가온 휴가철
너도 가고 나도 가고
모두 떠나면

이 텅 빈 도시는
누가 지키나
누가 지키나

숨이 콱콱 막혀오는
뜨거운 폭염 속에서
저 홀로 외로이 회색 도시가
긴 혓바닥을 내민 채
뻘겋게
뻘겋게 익어가고 있었다

사랑 마음으로

저 땅을 봐
저 넓은 대지에도
남의 눈에 띄지 않는
아픔이 수천수만 개

저 산을 봐
저 푸른 마음속에도
남에게 보이지 않는
근심이 수천수만 개

저 바다를 봐
저 깊은 마음 안에도
남이 알지 못하는
시름이 수천수만 개

이 엄마를 봐
내 마음 안에도
남이 모르는 걱정거리가 수두룩
부족해도 엄마니까
땅처럼 산처럼 바다처럼
사랑 마음으로
모두 품에 꼬옥 끌어안고 산다

오르막길

저 아래서 보면
아스라이 가파른 길
몇 발자국 걷다가
숨이 차서 쉬고

또 몇 발자국 떼고는
다리 아파 쉬고

또 몇 발자국 옮기다가
허리 뻐근하여 쉰다

하나도 쉬운 게 없는 인생길
힘들어도 쉬엄쉬엄
포기하지 않고 오른다

길가 노란 괭이밥 꽃 무리
박장대소하며 쳐다보고 웃어도
나는야 오늘도 오르고 또 오른다

산다는 것은

산다는 건
들꽃처럼
바람에 흔들리며
견디는 일이다

눈비 서리
고된 세월 속에서
나무처럼
꿋꿋이 버티는 일이다

여름 바다

삼복더위 열기
쨍하게 내리쬐는 땡볕에
더위 먹은 바다

오늘은 산언덕 바람도
시원치 않아

수평선 너머
하얀 파도 불러와
시원하게 등목한다

이소離巢의 계절

이른 아침 누가 떠나는가
자식 떠나보내는
어버이 울음소리가 오늘따라 몹시 구슬프다

세상천지에 어버이 품속보다
더 좋은 자리가 어디 있으랴

품 안 자식과의 이별 장면이 애달파서
나무도 꽃도 흐느낀다

이제 막 날갯짓 시작한 어린 새도 울고
마지막 손 놓아야 하는 어미 새도 울고
애끓는 심정으로 바라보는
푸른 산 푸른 숲도 어깨를 들썩이며 울고 있다

※이소(離巢) : 새의 새끼가 자라 둥지에서 떠나는 일.

하얀 냉이꽃 등을
타고 날아 올랐어

조수선

제3부

모기는 왜 엘리베이터를 탔을까?

흐린 하늘은 가끔

흐린 하늘은 가끔
기쁜 소식을 전송한다
극심한 가뭄으로 목타는 대지에
단물 같은 비를 보내어
삶의 물꼬를 틔워주고

쨍하게 내리쬐던 한낮의 햇볕
구름 가림막으로 가려
새 숨을 불어넣기도 한다

봄 여름 가을 지나 겨울이 오면
흐린 하늘은 가끔
반가운 선물을 부쳐주기도 한다
송이송이 하얀 송이
황홀한 눈꽃 풍경으로
시리고 아픈 날들을 위로해 준다

내 커피 공식의 진화

나날이 나의 커피 공식은 진화한다
달콤씁쓸한 맛 한 잔에 온갖 시름 다 날려 보내는
나의 커피 공식이 진화하지 않았더라면
기분 좋은 쓴맛
고소 깔끔한 맛 에스프레소의 매력을
그냥 모른 채 아직도 난
커피 3 프림 3 설탕 3 스푼의
달달한 333 커피로 살아가고 있을 거야

달달하지만 쓴 인생 같은
나의 커피 공식이 계속 진화하지 않았더라면
환골탈태 나도 변하지 않았을지도 몰라
여전히 333커피의
내 불편한 커피 공식은 그대로 존재하고 있고
그 곁에서 여전히 인생을 논하고 있을지도 몰라

물론 지금 핸드백 속 작은 커피
간편하게 애용하는
당신의 캔 커피도 모르고 있을 거야 나는

아무리 그리하여도

마침내 종식 선언한 코로나
그래도 아직 불편한 날은 있지만
우리 얼굴엔 한숨보다는 웃음을

어려운 경제 사정 등으로
다가올 날들이 막막하여도
우리 마음엔 절망보다는 희망을

하는 일마다 뜻대로 되는 게 없어
매일 허탈하여도
두 어깨엔 주눅보다는 용기를

세상사 아무리 그리하여도
성실하고 묵묵하게 걸어가는
우리의 발걸음엔 언제나 당당함을 주소서

모기는 왜 엘리베이터를 탔을까?

어둑한 저녁
엘리베이터 앞에서 서성대는 모기 한 마리
5, 4, 3, 2, 1 땡!
문 열리자 잽싸게 타는 녀석
그는 왜 엘리베이터를 탔을까?

모두가 집으로 돌아가는 시간
아무도 반겨줄리 없는 떠돌이 모기
오늘 밤은 어디에서 잠을 청하려나

낡고 좁은 침대나마
해지면 돌아가
고단한 삶을 뉠 자리가 있다는 건
얼마나 큰 행복이며
나를 반겨줄 누군가가 있다는 건
또 얼마나 큰 축복인가

날 공격할 듯 윙윙거리다
경고하듯 째려보는
내 눈빛에 기가 눌려
허기진 배 움켜쥔 채

엘리베이터 옆구리만 긁고 있는 모기

아마도 그는 지금
거리낌 없이 나대던
웅덩이 풀숲 떠나온 것을
몹시 후회하고 있는지도 모른다

아기 거미 심장마비사

방구석 어디에선가
아기 거미 한 마리
조르르 달려오더니
내 발 앞에 멈춰 서다

어떻게 생겼나
보기 보기 돋보기 갖다 대는 순간
지레 겁먹고
바르르 경기 일으키며

곧바로 뻗음
여덟 발 쭉 늘어뜨린 채
숨 멎음

부고! 부고요!
아기 거미 심장마비사
모일 모시 동트기 전

울컥울컥

독서를 하다가
슬픈 내용도 아닌데
나도 몰래 울컥
눈물이 나더니

길을 가다가
어디선가 흘러나오는
감성 음악 한 소절 듣자마자
감동의 물결이 밀려와
또 울컥

TV를 보다가
안타까운 재난 소식에
또 울컥
눈물이 났다

울컥울컥
아마도 울컥 병에 걸렸나 보다

빈방

어둠이 오면
누군가 하나는 오리라

총총한 눈망울
초록 별도 오고
하얀 볼살 통통한
둥근 달도 오리라

오늘따라 별도 없는 하늘
오늘따라 달도 없는 하늘

하늘도 텅
내 마음도 텅

텅 빈 방 안엔
시간이 허물처럼 벗어놓고 간
추억만이 덩그러니 웅크리고 있다

가을을 찾습니다

가을이 사라졌다
찬바람 속으로

갑자기 뚝 떨어진 기온에
가을 한파 밀려오고
밤하늘에 울려 퍼지던
낭만 가객 노래마저 끊어졌다

설렘으로 찬 축제의 계절인데
가로수 하나 물들이지 못하고
초록 옷 걸쳐 둔 채
어디로 갔을까 가을은

가을을 찾습니다
사흘 전 사라진
가을을 실종 신고합니다
가을을 좀 찾아주세요

얼굴 얼굴 얼굴들

태양이 이글거리는 한낮
큰 길가 과일 노점에
예쁜 얼굴들 다 모였다

고운 햇살 품어
불그레한 두 뺨이
첫사랑 소녀 같은 복숭아 얼굴

청량하고 싱그러운 맛
새콤달콤 과즙이 뿜뿜
나만 보면 윙크하는 사과 얼굴

달콤한 바람 담아
최고의 단맛을 자랑하는
아삭하고 신선한 꿀참외 얼굴

동글동글 한입에 쏙
방울방울 맑은 이슬만 머금어
과즙이 폭발하는 포도 얼굴

모진 풍파 속에서도

자신의 맛을 잃지 않고 꿋꿋이 지켜낸
대견한 얼굴 얼굴 얼굴들

초롱꽃

누구네 집에
손님 오시나 보다
아파트 입구 훤하도록
초롱불 밝힌 걸 보면

아무래도
귀한 손님이
아주 많이 오시는가 보다

반짝반짝 초롱꽃
길게 늘어서서
길 마중까지 나온 걸 보면

언덕배기 가로등

캄캄한 어둠 속에서
밤새 산마을 지키는 하얀 불빛

한데 찬바람 아랑곳없이
비 오는 날에도
진눈깨비 흩날리는 날에도
마을을 감싸고 선
언덕배기 가로등

양지 녘에 앉아
서로 어깨 맞대고 소곤대던 집들
가로등 포근한 빛둘레에 싸여
오늘 밤도 평안히 자고 있다

봄이 오나 봐요

솔솔솔
산골짜기 바람 타고
봄이 오나 봐요

겨드랑이 간질간질
초록 눈 반짝반짝
아마도
새싹이 나오려나 봐요

살금살금
아무도 모르게
봄이 오나 봐요

아지랑이 모락모락
내 가슴 콩닥콩닥
아마도
사랑 꽃이 피려나 봐요

그대를 위해

나날이 녹음 짙어가는
신록의 계절

나무는 쉴 틈이 없다
봄날 꽃처럼 아름다웠던
그대를 위해
여름 보낼 시원한 자리 만들고 있다

나무 가지가지마다
한 땀 한 땀 잎사귀 수놓으며
누구나 편하게 쉬어 갈
초록 그늘막 정성스레 펼쳐가고 있다
사랑하는 그대를 위해

임자 잃은 유모차

유모차는 오늘도 거기 있었다
하루 이틀 사흘 나흘이 가도
가로수 이팝나무 앞에 놓아둔 채
유모차 임자는 오지 않았다

닷새 엿새 이레가 지나도
임자가 나타나지 않자
속 끓이며 참고 있던 이팝나무
마침내 화가 폭발해
지나가는 바람을 붙들고 따졌다

"이곳에 버리면 어떡해?"
"왜 이곳으로 안내했어?"
억울한 바람은 아니라고
손사래치며 달아나고

임자 잃은 빈 유모차
길가에 버려진 유모차 위로
봄비가 추적추적 내려
누군가의 손때 묻은 추억들을
말없이 지우고 있었다

까치와 까마귀

이른 아침
벚나무에 까치가 날아왔어
'오늘 좋은 일이 있으려나 보다.' 했어
은근 기분 좋아 어깨까지 들썩거렸지

잠시 후 또 새 한 마리 날아왔어
이번엔 까마귀였지
좋았던 기분 싹 사라졌어
왠지 나쁜 일이 생길까 봐
마음까지 불안해졌어

그저 한 마리의 새가 날아오고
한 마리의 새가 날아갔을 뿐인데
아무것도 아닌 일을 두고
혼자 심각해졌어

세상일이란 게
모두 내 마음먹기 달린 걸
순간순간 잊고
편견의 잣대를 드리울 때가
아직도 종종 있어
그런 나를 반성해

꽃도 운다

때로는
꽃도 운다

빗속에서
서럽게 서럽게 운다

꽃바람 속
꽃 같은 추억이 그리워서

기억 속
꽃처럼 고왔던 사람이 보고파서
흐느끼며
흐느끼며
꽃잎 눈물 뚝뚝 흘린다

삶 그리고 인생

삶의 문제가
차라리 국어 문제처럼
이해력을 요구하는 것이라면 얼마나 좋아
차근차근 풀면 못 풀리 없을 텐데

인생 문제가
차라리 수학 문제처럼
공식대로 푸는 것이라면 얼마나 좋아
정답이 똑떨어지게 모조리 풀어버릴 텐데

삶 그리고 인생
이해 안 가는 일 많고
공식도 없고 정답도 없어
사는 것만큼이나 인생 문제도 어렵다

하얀 냉이꽃 등을
타고 날아 올랐어

조수선

제4부

달
의
방문

메꽃

바다가 보이는 언덕이 아닌
허름한 공터 메마른 땅에서
수줍게 피어난 분홍색 메꽃
가녀린 목 들어 세상을 본다

눈에 들어오는 건
종종걸음치며 가는 사람들과
재빠르게 지나치는 자동차뿐
마음 둘 곳 없다

갈매기도 없고
통통배도 없고
귓가에 들려오는 것은
구구대는 비둘기 울음소리뿐

메꽃 등에 업고 온 사람은
지금쯤 어느 곳에서 서성이고 있을까
바닷가 언덕이 그리운 메꽃
바닷물 같은 하늘만 연신 바라보고 있다

바닷가 찻집에 가면

수평선 훤하게 보이는
바닷가 찻집은 어디에 있는지 모르겠다
발걸음 소리 왁자한 길을 걸으며
생각의 조각들을 모은다

우선 그곳에 가면
에스프레소 한 잔 앞에 두고
에메랄드빛 바다만 오랫동안
눈에 담아 와야 하겠다 원 없이
다시는 짠 내 나는 바다가
그리움 속에 떠오르지 않도록
쌉쌀한 에스프레소
그 진한 향내로 지워야 하겠다

빨간 등대가 보이는 바닷가 찻집에 가면
한때 윤슬로 반짝이던 추억들
하얀 모래밭에 묻고
너울너울 갈매기 춤추며
홀가분하게 돌아와야겠다 이젠

개망초 말 건네는 오후 나절

잔풀 숨결마저 뜨거운 여름 뜨락
나날이 무성해지는 풀숲에서
남몰래 저 혼자 키 늘린
개망초 한 포기

한들한들 울타리에 기대서서
바람에게 배운 말 건넨다
"사랑해!"
"사랑해!"

다정한 몸짓 언어로
내 마음 철벽 경계를 허무는 야생화

개망초 또 다른 이름은 계란 꽃 돌잔꽃
하얀 꽃잎에 노란 꽃술 머리
개망초 흐드러지게 핀 들길은
지금쯤 온통 사랑 세상이겠다

달의 방문

한밤중
누군가 날 부르는 듯하여
부스스 눈 비비며 나갔더니
거실 깊숙이 들어와
대낮처럼 밝히고 있는 달빛

황홀하여 올려본 하늘엔
둥근 보름달이
손에 잡힐 듯 내려앉아
그리운 사람인 양 환하게 웃고 있다

불현듯 찾아온 달의 방문이
너무나 성스럽고 감사하여
나도 모르게 덥석 달빛 품에 껴안고
반갑소
반갑소
그저 인사만 수도 없이 되뇐 밤이여

꽃도 화를 낼까요?

사람은 화가 나면 고함을 지르고
황소는 화가 나면 뿔로 들이받는다

개도 화가 나면 사납게 짖어대고
고양이도 화가 나면 발톱으로 할퀴는데

꽃도 화를 낼까요
기쁨도 성냄도 똑같은 표정의 꽃

화나고 짜증 나도
얼굴은 꽃처럼 환하게
옆 사람 불편하지 않게 하기

밉고 속상해도 꽃처럼 웃으며
서로 마음 상하지 않게 하기

어떤 여인의 울음소리

횡단보도를 건너고 있는데
한 여인이 울며 간다
울음소리를 내지 않으려고
두 손으로 입을 틀어막고 가는데
눈치 없이 울음소리가
그녀의 손가락 사이로 빠져 나와
길 가던 사람들의 발걸음을 멈추게 한다

너무나 구슬픈 여인의 울음소리에
나도 울상이 되어
여인이 흘리는 눈물 자국을
나도 모르게 밟으며 따라가는데

그 순간 동네 입구에 피어있던
동백 꽃잎 두 잎
뚝. 뚝.
길바닥으로 떨어져 눕는다

정체 모를 여인은 점점 멀어져 가고
미처 따라가지 못한 그녀의 울음소리는
버스 정류장 근처를 맴돌며 슬피 운다

선물

다정한 지인이
예쁘게 코팅한 클로버 잎 둘을
선물로 주고 갔습니다

하나는 세 잎이고
또 하나는 네 잎입니다
세 잎 클로버는 행복이고
네 잎 클로버는 행운이랍니다

쉽게 찾을 수 있는 세 잎 클로버를 지나치고
네 잎 클로버만 찾아다녔던 지난날을 반성합니다

들에 나가면 흔한 토끼풀에 불과하지만
저를 생각해 주는 마음이 참 고맙습니다

시를 사랑하시는 고운 님들께도
늘 행복과 행운이 함께 하시기를 기도합니다

이팝나무 밥상

집으로 돌아가는 길
어스름한 거리 이팝 나뭇가지마다
쌀밥이 소복하다

갈 길은 아직 남았는데
눈앞에서 오락가락하는
이팝나무 밥상 바라보니
갑자기 허기져 오는 배

오늘따라 쌀밥이 먹고 싶다
빨리 집으로 가서
허리끈마저 풀고
하얀 엄마 미소 같은 흰쌀밥
푸지게 먹어보고 싶다

까마귀의 꿈

복잡한 삼거리 한적한 갓길
까마귀 한 마리 엉거주춤 서 있다
도시에 내려선 그가 낯선 이방인 같다

독수리보다 작고 여린 새
까마귀라는 이유만으로
아무도 반겨주지 않는다

하늘 한가운데서 냅다 질러대는
깍깍거리는 소리 탓인지도 모른다
아니 어쩌면 머리에서 발 끝까지
온통 검은 먹물 뒤집어쓴 듯
시커먼 그 모습 탓인지도 모른다

생각을 바꿔 겉모습만 보지 말고
그냥 한 마리의 새로 봐 주면 안 되는 걸까
참새보다는 좀 크고
비둘기보다는 조금 짙은 색을 가진
평범한 새로 봐주는 게 그의 꿈인지도 모른다

꽃처럼 강물처럼

저 햇살을 봐
우리 위해 너를 위해
눈부시게 빛나고 있지

이젠 다 괜찮아질 거야
우리 함께 웃으며
저 꽃처럼 살아가자

우리 서로 어깨 다독이며
저 강물처럼 흘러가자

내 옆구리가 시린 까닭은

엄동설한도 아닌데
내 옆구리가 시린 까닭은
사람이 보고파서가 아니라
불투명한 세상에 가득 찬
불안과 두려움이
시시각각으로 몰려와
삶의 일상을 곧잘 헝클어 놓고
도망가는 까닭이다

그런 시간들 속에
홀로 덩그러니 서 있는
내 옆구리가 시린 까닭은
사랑이 그리워서가 아니라
내가 너무나 부족하여
아프고 힘든 세상
그저 바라만 보아야 하는 까닭이다

오늘도 내 옆구리는
시리다 못해 아려온다

마스크 미인

고마운 마스크
잘 쓰면 예쁘다
몹시 바쁜 날
메이크업 대신
주근깨 잡티 모두 가려주네

마스크 속 그녀
민낯의 칙칙한 살색
감쪽같이 감춰지고
동그란 두 눈만
초롱초롱 별처럼 빛나네

이젠 습관이 되어 외출할 때마다
제일 먼저 챙기는 마스크

마스크도 패션이다
누구보다 예쁘게
누구보다 센스 있게
마스크 미인 되자

경이로운 삶

살아있다는 것은
정말 좋은 것인가 봅니다

윗몸이 뭉툭 잘려
보잘것없는 검은 나무 둥치에서도

혼란스럽고
어수선한 세상을 향해

끊임없이 날마다
연둣빛 새싹을 밀어 올리는 것을 보면

삶이란
참으로 신비롭고 경이로운 일인가 봅니다

비빔밥

따로따로 야채 다듬고
따로따로 나물 무쳐놓으니
따로따로 제맛, 제 색깔을 뽐내는
형형색색의 재료들

보기엔 좋긴 하지만
먹을 땐 모두 섞어야 합니다
한데 넣어 고루고루 섞어야
제맛 나는 비빔밥

아름다운 세상은
따로따로보다는
모두 함께 어울리는
맛 좋은 비빔밥 같은 세상이어야 합니다

밤비 내리는 날

소리 없이 창문을 적시며
밤새 내리는 밤비
우울한 마음속에 스며드는 빗물

밤비 내리는 날엔
내 마음 그대도 함께 젖는다
비에 흠뻑 젖은 채
벽처럼 말없이 바라보는 그대

밤비가 하늘땅 모두를 적시어도
내 안의 그대는 제발 젖지 않기를
언제나 뽀송뽀송한 마음이기를

국화를 만나다

우체국 가는 길에
노란 국화를 만났습니다

여린 꽃대 가득
꼬물꼬물 망울져 있는
그 모습만 보고도
이제는 가을이라 믿고 싶습니다

그래야만 지긋지긋한 무더위
얼른 물러날 것 같아
그냥 오늘부터 가을이라 외치겠습니다

찜통더위에 지친 여러분
바야흐로 국화의 계절 가을이 왔습니다
모두 힘내십시오

그런데 눈이 온다

다정했던 친구
오늘따라 보고 싶다

하늘하늘 코스모스 들길을
꽃송이처럼 걸어가던 친구

늘 곁에서 날 지키며
함께해 준 고마운 친구
서로의 꿈을 펼치며
먼 훗날을 그리던 우리인데
너는 지금 어디에......

보고픈 친구 내 친구야
회색 도화지 하늘에
빛바랜 기억 속에서 찾은
네 얼굴 그려놓고 보니

그런데 눈이 온다
마치 네가 답장이라도 하듯

싱크로율 100%

인적 드문 골목
큰 대문 집 입구 계단
옹기종기 모여 앉은 동네 할머니들
옆 골목에서 들려오는
작은 소리 하나에도 일제히 고개를 내민다

누가 시킨 것도 아닌데
싱크로율 100%
한 곳으로 모두의 시선이 집중된다

마치 누구라도 기다리는 듯
보고픔이 가득 찬 얼굴로
행여 딸내미라도 올까
서울 사는 아들내미라도 올까

골목에서 다가오는
인기척 하나도 놓치지 않으려고
오래된 라디오 안테나를 뽑아 올리듯
두 귀를 열어 쫑긋이 세워본다

마음에 습기가 걷어지는 동안

며칠 동안 뿌옇던 하늘
간밤에 내린 비로 말간 얼굴이다
쨍하게 내리는 햇살 아래
나뭇잎들 빛나고 새들 날갯짓 바쁘다

갈수록 예측하지 못할 날씨
변덕스럽다고 불평하기보다는
빠르게 진행되는 기후 변화에
내가 조금씩 적응하기로 한다

날씨 좋은 날 틈 타
창문 열어 청량한 바람 반기고
우중충하게 웅크린 마음
끄집어내어 말린다

탈탈 힘껏 털어 주름 편 후
햇볕 좋은 가장자리에
마음을 척척 걸쳐 넌다

눅눅했던 마음에 습기가 걷어지는 동안
정겨운 낱말들 불러 글놀이 하며
또 하루를 건너간다

지금은 장마철

참 변덕스러운 장마철
밤새 큰비 작은 비
제 마음대로 오락가락
쏟고 흩뿌리며
걱정으로 지새게 하더니
늦은 아침에야
조곤조곤 속삭이는 장맛비

저 유혹에 빠져
지금 잠들면
언제나 일어날까?
아침밥이야 먹든 말든
불면으로 퀭해진 눈
찌뿌둥한 허리
따듯이 뉘여 코 재운다

작은 꽃들의 다짐

날마다 외로움 견뎌
새싹 틔우고

밤마다 그리움 태워
이슬 같은 꽃망울 맺어

사람들 가슴에서
영원히 시들지 않는
꽃이 되겠노라고

오늘도 이 악물고 일어서는
보도블록 틈새의 작은 꽃들
볼수록 대견하다

하얀 냉이꽃 등을
타고 날아 올랐어

조수선

시집 해설

살며 생각하며 기록하며
시를 매만지며
– 조수선의 시 세계

정 훈
(문학평론가)

살며 생각하며 기록하며 시를 매만지며
- 조수선의 시 세계

정 훈(문학평론가)

　조수선의 시를 읽으면 갓 세상에 난 아이가 마치 세상이 신기하고 새삼스러워 보여 옹알거리는 모습처럼 즐겁다. 이 즐거움은 평소 많은 사람들이 살면서 느끼고, 생각하고, 궁금했던 점들을 시로써 옮겨놓은 까닭에서 비롯할 것이다. 그만큼 솔직하고 담백하다. 시인은 아이와 같다는 말이 요즘에는 부정적인 뜻으로 읽히는 것 같다. 요즘 시인은 아이가 아니라, 아주 늙어버렸다는 생각이 든다. 그만큼 시인의 머리를 짓누르는 고민이 깊다는 말일 것이다. 이는 복잡다양한 현대세계가 준 선물이기도 하다. 세계가 복잡한 만큼 이 세계를 고뇌하는 시인이 창작한 시는 그만큼 복잡할 수밖에 없을 것이다. 그런데 세계가 복잡하다고 시 또한 복잡할 수밖에 없다는 논리는 정당화되기 힘들다. 세계를 어떻게 바라보느냐 하는 문제가 시인들마다 다를 수밖에 없기 때문이다. 현대시의 갈래가 이루 헤아릴 수 없을 만큼 다양하다는 것이 그 반증일 수 있다. 어떤 각도로 세계를 응시하느냐에 따라 시는 천차만별의 이미지와 형상화로 갈라진다. 이 점에서 보면 조수선은 사물에 대한 독특하고 유머러스한 시선으로 따뜻한 시적 공간을 만드는 시인이다. 때로는 나지막한 웃음을, 때로는 고요하면서도 차분한 마음을 가져다주는 시인이다.

난 그저 잘 여문 강냉이
아무도 날 알아주지 않아
선반 구석으로 떠밀렸죠

어느 바람 불던 날
부드러운 당신 손에 이끌려
볼품없던 내 삶에도 꽃이 피었죠

프라이팬 뜨거운 열 받자마자
나도 모르게 바운스 바운스
가슴이 공처럼 튀어
별꽃 팡팡 사방으로 날았죠

이젠 소원 없어요
우주 끝까지 오르지 않아도
난 행복한 팝콘
비로소 그대 입술에 핀 하얀 꽃잎

– 「팝콘 날다」

강냉이, 아니 팝콘의 시선으로 형상화한 시다. 위 시에는 '세계'보다는 '존재'의 자기의식이 두드러진다. 알레고리 기법이 전면에 나서 있는 시에서는 세계를 유추하기가 쉽지 않지만, 존재 양상이 움직이면서 변모하는 양상을 보여준다. "이젠 소원 없어요/ 우주 끝까지 오르지 않아도/ 난 행복한 팝콘/ 비로소 그대 입술에 핀 하얀 꽃잎"처럼, 물질이 물리적·화학적 작용을 거쳐 바뀌게 되는 과정이 재미있게 표현되어 있다. 대체로 이런 느낌과 분위기의 시들은 가볍게 읽을 수 있다. 복잡한 사고를 동원하지 않고서도 시인이 의도했거나, 시에서 형상화된 표현만으로도 그 뜻을 쉽게 짐작할 수가 있는 것이다. 세계 표면에서 움직이거나 보이는 현상들을 별 의식없이 따라가다 보면 이렇게 순진무구한 시어들과 의미가 만들어진다. 시인은 세계의 본질이 무엇인지, 그리고 인간과 세계와 존재가 어떻게 만나 길항하고, 대립하고, 갈등하는지 보여주기도 하지만, 위 시처럼 상상을 통해 존재의 속으로 들어가 보기도 한다.

비탈진 언덕길 오르다가

흔들리는 제비꽃을 봅니다

바람에 쓰러질 듯 비틀거려도

가녀린 두 손 약한 두 팔로

온 우주를 버티고 사는

작은 제비꽃이 참 용합니다

찬 서리 밤이슬에 떨며

비바람에 지쳐도

온 힘을 다해 참고 사는

언덕길 제비꽃을 보며

힘든 세상 나도 더 꿋꿋하게

더 열심히 견뎌내리라

굳게 다짐해 보는 봄날

집으로 가는 발걸음이

날아갈 듯 한결 가볍습니다

- 「언덕길 제비꽃」

　지천에 널린 수목과 풀들을 보자. 시인은 "비탈진 언덕
길 오르다가/ 흔들리는 제비꽃을" 보면서 "힘든 세상 나도
더 꿋꿋하게/ 더 열심히 견뎌내리라" 다짐한다. 이럴 때
우리가 흔히 쓰는 표현이 '반면교사'나 '모델' 등이다. 대상
을 매개로 해서 자신을 곧추세우는 일이다. 가끔 언덕이나
길가에 피어있는 꽃들을 보게 된다. 늘 있어 왔기에, 그래
서 당연히 그곳에 있어야만 하기에 별 생각없이 우리 주변
에 모여 있는 것들이 있다. 꽃은 그 자체로 보면 인간에게
아무런 의미가 없는 존재다. 식물일 뿐이다. 하지만 우리
는 꽃을 보면 마음이 즐거워지고 행복해진다. 그 이유가
무엇일까. 꽃이 우리에게 아무것도 해준 것도 없는데, 우
리는 꽃을 바라보며 마음의 정화를 얻는다. 이것이 꽃이
우리에게 주는 의미다. 바라만 보아도 쾌적하고 즐거운 기

분을 느끼게 하는 게 바로 '아름다움'이라는, 예술에서 결코 빠질 수 없는 요소다. 그래서 오래전부터 화가를 비롯해 수많은 예술가들이 꽃을 그려왔고, 꽃을 노래했다. 꽃이라는 생명, 그것은 인간이 살아가는데 어떤 식으로든 의미를 던진다. 삶의 희로애락에 젖다 보면 과연 우리에게 존재의 의미가 있는지 고민하게 된다. 물론 그런 고민 없이 살아가는 사람들도 많다. 속절없이 피었다 지는 꽃이다. 꽃이 지천에 만발하면 우리들은 그런 광경을 보러 우르르 몰려다니곤 한다. 가끔은 꽃을 꺾어서 꽃병에 꽂아선 '제 것'으로 만들기도 한다. 잠시나마 행복을 주고 시들어 버리면 마치 쓰레기를 버리듯 시든 줄기를 버린다. 이것이 사람이다. 사람은 결국 이기적인 동물일 수밖에 없다. 위 시 「언덕길 제비꽃」에 등장하는 제비꽃은 시인에게 삶의 활력과 에너지를 불어넣어 주는 존재로 놓인다. 생명의 의미를 곱씹어 보게끔 하기도 한다. 어쨌든 시인이 꽃을 바라보며 생명의 의미를 음미하게 되는 일, 이것은 한편으로 온 세상에 존재하는 모든 생명 가진 것들이 제각각 부여받은 존재의 의미가 아니고 무엇일까. 시인이 바라본 꽃이 오히려 시인에게 활기와 기쁨을 선사하는 매개가 되는 것이다. 이렇듯 세상은 눈에 보이지 않는 실금들이 뒤얽혀 있는 인드라망이다. 이런 사실을 깨닫게 될 때 세상은 한결 밝아지고, 공평해지며, 평화로운 공동체로 나아가게 된다.

푸드득 새들이 날아오른다

곤한 날개를 오므리듯 하루를 접으러
저 푸른 하늘을 건너간다
붉은 노을 따라가는
새들 보금자리는 어디일까
놀 빛 무늬 궁전일까
오색빛 찬란한 무지개 숲일까

아니야 아니야
새들은 화려하지 않아
뭉게구름 두둥실 하얀 커튼 드리운
밤마다 별들이 내려오고픈
맑은 창 있는 집일지도 몰라

아니야 아니야
새들은 욕심 없어
가을 들녘처럼 따뜻한 사랑 익어가는
앉은뱅이 나무 식탁 예쁘게 놓인
마주 보고 앉으면 서로 얼굴 맞닿는
그래 그런 데가 새들의 집일 거야
늘 사랑과 행복이 피는 그곳

―「새들 보금자리」

　　마치 동시처럼 소재와 운율이 소박하다. 새들의 보금자
리가 어디인지 궁금해하면서, 시인은 이곳저곳을 제시하
며 가늠한다. 창공을 나는 새들을 부러워하지 않는 사람은 없을 것이다. 하늘을 횡단하는 새는 흔히 '자유'의 이미지로 우리 시에 등장하곤 한다. 거리낌없이, 자신이 마음먹은 곳으로 어디든 갈 수 있는 동물이기에 인간은 늘 부러워했다. "아니야 아니야/ 새들은 욕심 없어/ 가을 들녘처럼 따뜻한 사랑 익어가는/ 앉은뱅이 나무 식탁 예쁘게 놓인/ 마주 보고 앉으면 서로 얼굴 맞닿는/ 그래 그런 데가 새들의 집일 거야/ 늘 사랑과 행복이 피는 그곳"이라고 시인은 말한다. 새들 또한 인간처럼 보금자리가 있다. 시인이 상상한 새들의 보금자리는 아름답고 행복한 곳이다. 근심 걱정없이 한없이 안락하고 포근한 곳에서 새들이 하루의 피로를 풀고 몸을 뉠 것이라 상상하는 일은 흔하다. 시인이 소재로 한 새와, 그 새의 보금자리는 어쩌면 우리 인간의 소망을 비유하고 있는지도 모르겠다. 시는 존재의 비전을 보여주기도 하지만, 더러 현실에서 성취하기 힘든 희망과 꿈을 펼쳐 보이기도 한다. 꿈꾸는 존재인 인간은 욕망이 실현되지 못하는 지금 여기의 텅 빈 마음과 존재의 결락을 언어로써 표현하는 것이다.

조수선의 시에는 자연과 인생의 여러 표정과 풍경이 한데 어우러져 있다. 고상한 말을 빌어오지 않으면서도 새삼 존재의 섭리와 비밀 같은 형상을 곱씹게 한다. 시인이 고민하고 생각하는 것들은 보통 우리들이 고민하고 생각하는 것들이다. 시인이라고 해서 아주 특별하거나 괴상한 세계와 영역만을 사유하지는 않는다. 그의 시를 읽다 보면 하루하루 살아가는 나약하고 힘없는 인간이 어떤 의미와 가치를 지닌 채로 인생을 엮어나가야 할지 숙고하게 된다.

범상치 않은 일상의 존재들을 마주하며 스스로 세계에 어떤 의미를 남겨야 하는지 고민하는 시간을 준다. 해답은 쉽게 예상할 수 있지만, 그 해답을 찾기까지 여정을 함께 걸어보고 함께 이야기를 나누자고 제안하는 듯한 시들이 바로 조수선의 작품들이지 않을까.

> 비바람 몰아치는 아침
> 우산이 뒤집히고
> 거대한 바람에
> 몸이 나뭇잎처럼 떠밀린다
>
> 더 이상 전진할 수 없어
> 건물 담 벽에 붙이고
> 비로소 몸을 가눈다
>
> 가로수가 휘어질 듯 비틀거리고
> 자동차도 빗속에서 휘청인다
> 앞을 내다볼 수 없는 태풍 같은 인생
>
> 살아가는 동안은
> 나도 누군가의 바람을 막아주는
> 하나의 든든한 담 벽이고 싶다
>
> — 「바람막이」

사람이라면 누구나 이런 생각을 할 것이다. 즉 나는 누구이며, 어디에서 왔으며, 또한 어디로 나아갈 것이며, 아울러 무엇을 해야 하는지 등이다. 이런 물음이나 의문은 존재론적이다. 가장 깊은 의미에서 이런 의문이야말로 철학의 시발점이 된다. '왜'라 묻는 것, 인간만이 품을 수 있는 근원적인 질문을 던지지 않은 사람은 없을 것이다. 생활의 쳇바퀴에 물려 그 고민을 끝까지 캐내지 못하는 한계 때문에 그렇지, 우리는 아마 죽을 때까지 그런 의문을 떨쳐버리기가 힘들다. 철학까지는 아니더라도 소박한 윤리를 끄집어낼 수는 있다. 어떻게 살아야 하는가, 이것이 윤리적인 답을 이끌어내는 단서가 된다. "살아가는 동안은/ 나도 누군가의 바람을 막아주는/ 하나의 담 벽이고 싶다"고 시인은 말한다. 타인을 위한 삶을 살겠다는 마음이다. 말은 쉽지만 쉽사리 실천하기 힘든 부분이다. 누구나 자신을 보호하려는 욕망이 있기 때문이다. 여기에서 '희생'이 차지하는 값진 영역을 떠올리지 않을 수 없다. 희생은 말 그대로 자신을 버리면서까지 타인이나 공동체에 이익을 주는 행위요 실천이다. 자신을 버리는 일은 엄청난 결단과 각오를 수반한다. 든든한 담 벽이 되는 일도 힘들지만, 그런 벽처럼 타인의 바람을 막아주고 보호해주는 일은 더욱이나 힘들다. 시인이 바라는 것은 소박한 자기 소망이기도 하고, 우리 인간이 평화로운 공동체를 위해 각자 취해야 할 덕목이 무엇인지 생각할 필요가 있다는 메시지로도 다가온다.

어둠이 오면

누군가 하나는 오리라

총총한 눈망울
초록 별도 오고
하얀 볼살 통통한
둥근 달도 오리라

오늘따라 별도 없는 하늘
오늘따라 달도 없는 하늘

하늘도 텅
내 마음도 텅

텅 빈 방 안엔
시간이 허물처럼 벗어놓고 간
추억만이 덩그러니 웅크리고 있다

— 「빈방」

    인간은 존재하면서 실존하는 자이다. 단독자로서 인생을 살아간다. 관계에 얽혀 있는 사회적인 동물이기도 하지만, 언제든 혼자 문제를 해결하거나 스스로 삶의 길을 개척해나가야 하는 쓸쓸하고 고독한 존재가 사람이다. 그래서 언제나 행복해 보이는 사람조차 고독한 세계에 오랫동안 빠질 수 있다. 그렇다면 고독을 결코 부정적인 의미로만 바라보아서는 안 된다. "하늘도 텅/ 내 마음도 텅// 텅 빈 방 안엔/ 시간이 허물처럼 벗어놓고 간/ 추억만이 덩그러니 웅크리고 있다"는 진술에서 한때 고독에 빠졌을 시인을 떠올리게 된다. 고독에 휩싸이면 보통 지난 일을 떠올린다. 고독은 지독한 병이라서 이 세상에서 혼자 덩그러니 놓여 있다는 환상을 안긴다. 자기 옆에 있는 사람들이 몽땅 썰물처럼 빠져나가 버린 듯, 휑하니 자신의 몸뚱이를 세계 모서리 구석진 곳에 모셔다 둔다. 그럴 때면 지금까지 살아왔던 모든 시간들이 꿈처럼 몸과 마음을 울렁이게 하는 것이다. 하지만 진정한 고독은 이 세계에서 혼자만 놓여 있다는 인식뿐만 아니라, 자신을 구원해줄 유일한 존재마저 자신을 떠나버렸다는 의식에까지 도달해야지만 가능하다. '빈방'의 이미지는 그렇게 시인을 사로잡으며, 길이 보이지 않는 컴컴한 우주 한복판에 둥실둥실 떠다니며 오랫동안 침잠하는 모습을 보여 준다.

살아있다는 것은
정말 좋은 것인가 봅니다

윗몸이 뭉툭 잘려
보잘것없는 검은 나무 둥치에서도

혼란스럽고
어수선한 세상을 향해

끊임없이 날마다

연둣빛 새싹을 밀어 올리는 것을 보면

삶이란
참으로 신비롭고 경이로운 일인가 봅니다

– 「경이로운 삶」

　고독에 몸부림치는 날들이 가득하고, 태풍이 불거나 파도가 밀려와 자신을 휘젓는 날들도 잦지만 결국 삶은 신비롭고 경이로운 것이다. 시인은 "살아있다는 것은/ 정말 좋은 것인가 봅니다"라며 소박하면서도 경건한 말로써 밝힌다. 삶은 좋은 것이다, 라고 말한다면 사실 우스꽝스럽기도 하다. 신산고초의 삶이 단지 '좋다'라는 감정의 표현으로 수렴되는 것인지 의문이 들기 때문이다. 하지만 시인에게는 삶은 좋은 것으로 수렴된다. 왜냐하면 "끊임없이 날마다/ 연둣빛 새싹을 밀어 올리"고 있기 때문이다. 삶의 경이로움은 바로 생명의 경이로움으로 귀결된다. 생명은 아무리 생각해봐도 신비 그 자체다. 쓰러져 죽어갈 것만 같은 존재에게도 어느 순간 그 존재를 일으켜 세우는 무엇이 생기는 사실을 보는 경우가 있다. 바로 그것 때문에 우리는 함부로 좌절하거나 낙담할 까닭이 없다. 고통의 쓰라림은 그 순간만큼은 영원할 것처럼 견디기 힘들지만, 어느 순간 고통이 가시고 평온이 찾아왔음을 깨닫는 수가 있다. 상처가 아물고 새로운 살이 돋아나는 것처럼, 꽃 진 자리에 다시 아름다운 꽃봉오리가 피어오르는 것을 보았을 때처럼 우리는 끊임없이 일으켜 세우는 존재가 있다. 그것이

신이든, 하늘이든, 존재 자체이든 무엇이든 간에 우리는 어떤 낌새를 차리고서는 다시 살아갈 마음과 용기가 생김을 느끼는 경우가 있다. 생명이란, 그리고 삶이란 아마도 그런 것이리라. 생명은 끊임이 없다. 끊기는 듯 다시 이어가는 것이 생명이다. 맨 처음도 없고 끝도 없다. 우리가 이 세상에 처음으로 태어난 때로 자신의 생명이 시작된 맨 처음이라 여기기 쉽지만, 생각에 생각을 거듭해보면 그렇지도 않은 것 같다. 그리고 죽는 순간 생명이 다한다고 생각하기 쉽지만 꼭 그렇지만도 않은 것 같다. 우리 생명의 처음과 끝마디를 똑 분질러 이렇게 매듭으로 이어준 존재가 누구인지 참으로 궁금해진다. 처음 없는 처음이요 끝없는 끝으로 점점 수렴해가고, 점점 익어가는 것이 생명을 지닌 우리 인간들이다. 이것이 바로 삶의 신비요 경이로움이 아닐까.

소리 없이 창문을 적시며
밤새 내리는 밤비
우울한 마음속에 스며드는 빗물

밤비 내리는 날엔
내 마음 그대도 함께 젖는다
비에 흠뻑 젖은 채
벽처럼 말없이 바라보는 그대

밤비가 하늘땅 모두를 적시어도

내 안의 그대는 제발 젖지 않기를
언제나 뽀송뽀송한 마음이기를

– 「밤비 내리는 날」

하늘을 비상하며 유유히 날아가는 새들도 비가 오면 둥지 속으로 들어간다. 우리 사람들이야 오죽하랴. "밤비 내리는 날엔/ 내 마음 그대도 함께 젖는다" "밤비가 하늘땅 모두를 적시어도/ 내 안의 그대는 제발 젖지 않기를/ 언제나 뽀송뽀송한 마음이기를" 바라는 시인의 마음이 훤하다. 보편적인 세상의 비전을 제시하는 시인이라도 때때로 자신의 소중한 존재를 향한 소망은 잊지 않는 법이다. 아니 그럴 수가 없다. '그대'를 굳이 사람으로 생각하지 않아도 된다. 시인이 소중하게 여기는 존재일 수도 있고, 어떤 마음이나 소망일 수도 있을 것이다. 그것은 상처받지 않아야만 한다. 상처로 피어나는 정신의 상흔이 되어서는 곤란하다.

시인은 마치 식물을 키우듯 자신 속에 자라나는 그 무엇을 소중하게 여긴다. "뽀송뽀송"하게 그것은 자라나야만 시인은 시를 쓸 수가 있겠다. 누구나 가장 아끼고 소중하게 여기는 것들을 가지고 있다. 만약 그것을 찾지 못하거나 없다손 치더라도, 설령 눈에 보이지 않더라도 반드시 있다. 아직 찾지 못하고 있을 뿐이다. 인간에게 가장 소중한 것이 무엇일까. 사람마다 제각각 다른 대답이 나오는 문장이다. 모든 사람들에게 공통적으로 적용할 수 있는 가장 소중한 것이 무엇일까. 시인은 아마도 그 대답을 알고 있는 듯하다. 일상에서, 자신의 삶과 존재에서, 그리고 세

계에서 그러한 물음을 끊임없이 던지며 기록하는 시집을
이번 기회에 읽었다. 건필을 바란다.

산책길에서 참새를 만났습니다.
참으로 오랜만이라
긴 애기 나누고 싶었지만
오늘따라 서로가 바빠
말 한마디 건넬 틈도 없이
참새는 총총히 솔숲으로 가고
저는 글숲으로 돌아왔습니다.
이런 날엔 글을 써야 합니다.
무어라 쓸지는 모르지만
두고두고 마음에 담을 수 있는
좋은 글을 쓰도록 더욱 노력하겠습니다
감사합니다. 건강하세요